Dieses Buch gehört:

Tanya Stewner wurde 1974 im Bergischen Land geboren und begann bereits mit zehn Jahren, Geschichten zu schreiben. Ihre Kinderbuchserien um Liliane Susewind und die Elfe Hummelbi sind Welterfolge. Sie lebt mit ihrer Familie in Düsseldorf.

Marlene Jablonski wurde 1978 in Danzig, Polen, geboren. Im Jahr 2000 erschien das erste ihrer inzwischen fast 90 Kinderbücher: »Hamster Hektor«. Heute lebt sie als freie Schriftstellerin in Berlin.

Mila Marquis erschuf schon als Kind phantasievolle Traumwelten mit Stift und Pinsel. Seit ihrem Modedesignstudium setzt sie ihre Ideen in zahlreichen Kinderbüchern, auf Postkarten oder Kalendern um. Sie lebt glücklich in Hamburg.

Folgende Bände sind in dieser Serie bereits erschienen:
›Liliane Susewind – Ein kleiner Esel kommt groß raus‹
›Liliane Susewind – Ein Meerschwein ist nicht gern allein‹
›Liliane Susewind – Viel Gerenne um eine Henne‹
›Liliane Susewind – Ein Nilpferd auf dem Zebrastreifen‹
›Liliane Susewind – Extra-Punkte für den Dalmatiner‹
›Liliane Susewind – Schwarze Kater bringen Glück‹
›Liliane Susewind – Ein kleiner Hund mit großem Herz‹
›Liliane Susewind – Drei Waschbären sind keiner zu viel‹
›Liliane Susewind – Ein Eichhörnchen hat's eilig‹
›Liliane Susewind – Ein Pony mit Flausen im Kopf‹
›Liliane Susewind – Ein Hase fällt nicht auf die Nase‹
›Liliane Susewind – Ein Luchs legt los‹

Weitere Informationen zum Kinder- und Jugendbuchprogramm der S. Fischer Verlage finden Sie unter *www.fischerverlage.de*

Marlene Jablonski

Liliane Susewind

Ein Luchs legt los

Nach einer gemeinsamen Idee von
Tanya Stewner und Marlene Jablonski

Mit farbigen Bildern
von Mila Marquis

KJB

Mehr Informationen, viele Spiele und Rätsel rund um »Liliane Susewind« gibt es hier: www.liliane-susewind.de

›Liliane Susewind – Ein Hase fällt nicht auf die Nase‹ ist auch als Hörbuch im Handel erhältlich, mit einem »Lilli«-Song der Autorin.

Aus Verantwortung für die Umwelt hat sich der Fischer Kinder- und Jugendbuch Verlag zu einer nachhaltigen Buchproduktion verpflichtet. Der bewusste Umgang mit unseren Ressourcen, der Schutz unseres Klimas und der Natur gehören zu unseren obersten Unternehmenszielen.

Gemeinsam mit unseren Partnern und Lieferanten setzen wir uns für eine klimaneutrale Buchproduktion ein, die den Erwerb von Klimazertifikaten zur Kompensation des CO_2-Ausstoßes einschließt.

Weitere Informationen finden Sie unter: www.klimaneutralerverlag.de

FSC www.fsc.org
MIX
Papier aus verantwortungsvollen Quellen
FSC® C004592

Erschienen bei FISCHER KJB

Hedderichstr. 114, D-60596 Frankfurt am Main
Umschlaggestaltung: Schiller Design, Frankfurt am Main, unter Verwendung einer Illustration von Mila Marquis
Satz: Pinkuin Satz und Datentechnik, Berlin
Druck und Bindung: Firmengruppe Appl, aprinta Druck GmbH, Wemding
Printed in Germany
ISBN 978-3-7373-4221-6

Inhalt

Der Neue

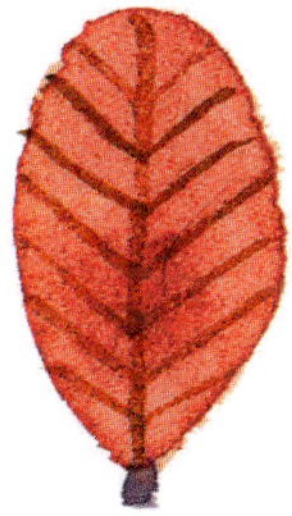

»Lilli? Mensch, du bist ja wieder gesund. Wie schön! Los, komm rein!« Jesahja strahlte übers ganze Gesicht und winkte Lilli zu sich ins Haus.

»Ich dachte, du kommst vielleicht eher raus. Heute ist so schönes Winterwetter ... Ich habe echt lang genug in der Bude gehockt. Magst du mit Bonsai und mir in den Zoo gehen?«, fragte Liliane Susewind, genannt Lilli.

»Klar – aber ... wo ist Bonsai denn?« Jesahja spähte an ihr vorbei.

Lilli sah sich nach dem kleinen weißen Zottelhund um, der schon seit Jahren ihr treuer Begleiter war. »Gerade eben war er doch noch hier«, wunderte sie sich. »Bonsai?«

»Hier! Hier bin ich!«, wuffte es aus einem flauschig-lockeren Schneehaufen. Und dann sprang das kleine Energiebündel auch schon daraus hervor.

Lilli drehte sich wieder zu Jesahja um. »Tadaa! Da ist er.«

»Ein toller Zaubertrick«, scherzte er.

»Und das ohne zu proben«, witzelte Lilli.

»Ich bin beeindruckt.«

»Das kannst du auch auf dem Weg in den Zoo sein«, drängelte Lilli.

»Oh, richtig. Ich sage kurz meinen Eltern Bescheid, und dann können wir gehen.« Jesahja flitzte los.

Lilli wartete mit Bonsai vor der offenen Tür. Da tauchte plötzlich Jesahjas orange getigerte Katze vor ihnen auf.

»Oh, supi! Da ist Schmidti.« Bonsais Schwanz verwandelte sich vor Freude in einen Propeller.

Die Katze, die sehr vornehm war und eigentlich Frau von Schmidt hieß, schien ebenfalls höchst erfreut zu sein. »Madame von Susewind, Herr von Bonsai«, miezte sie. »Wie liebreizend von Ihnen, mir einen Besuch abzustatten. Das wurde aber auch wirklich Zeit. Wo haben Sie nur so lange gesteckt?«

Lilli konnte schon immer mit Tieren sprechen, als wären sie Menschen. Dies und die Gabe, Pflanzen mit ihrer Freude zum Wachsen zu bringen, hatten sie so manches Mal in Schwierigkeiten gebracht. Dennoch würde sie weder das eine noch das andere missen wollen.

Nun erklärte sie der Katzendame, dass sie erkältet gewesen war.

»Wie schrecklich!«, entfuhr es Frau von Schmidt sogleich. »Wieso wurde ich darüber nicht unterrichtet? Ich hätte Sie mit meiner Anwesenheit beehren und erfreuen können. Ihre Unpässlichkeit wäre im Nu verflogen.«

»Äh, gewiss, Madame. Ich merke es mir fürs nächste Mal«, versprach Lilli höflich.

»Tun Sie das, meine Liebe«, miaute die Katze, als Jesahja wieder zurückkam.

»Na, schau mal einer an, wer hier endlich aufgewacht ist … Kommt sie mit?«, wollte er von Lilli wissen, schnappte sich seine Jacke und zog eine Mütze über.

Bevor Lilli die Katzendame das fragen konnte, stolzierte die schon über die Türschwelle. Als ob sich alle nur zu ihren Ehren versammelt hätten, sagte sie: »Wohin gedenken Sie mich auszuführen?«

»Wir möchten in den Zoo«, erwiderte Lilli.

»Fabelhaft! Dort war ich seit einer Ewigkeit nicht mehr.«

»Dann passt es ja.« Lilli nickte erleichtert, und sie machten sich auf den Weg.

Während sie mit Jesahja durch den glitzernden Schnee stapfte, sprang Bonsai mit raushängender Zunge fröhlich vor ihnen her. Dabei war er so ungestüm, dass er Frau von Schmidt beinahe über den Haufen gerannt hätte.

»Hoppla! Herr von Bonsai quillt heute ja über vor Energie. Wie erquickend. Wirkt geradezu ansteckend, finden Sie nicht auch, Madame von Susewind?«, mauzte die Katzendame erheitert.

»Da kann ich Ihnen nur zustimmen«, antwortete Lilli.

Sie selbst war schon furchtbar aufgeregt. Der Zoo hatte nämlich seit kurzem einen neuen Bewohner. Und die Zoodirektorin, Frau Essig-Steinmeier, hatte sie gebeten, sich einmal mit dem Tier zu unterhalten. Sie wollte wissen, ob es sich in seinem neuen Gehege wohl fühlte.

Da Lilli krank gewesen war, als es gebracht wurde, wusste sie bisher nur, dass der Neue es in seinem alten Zuhause nicht gut gehabt hatte und ein Luchs war.

»Madame von Susewind, was halten sie davon, wenn wir nach dem Zoobesuch noch etwas anderes unternehmen?«, meldete sich die Katze wieder zu Wort.

»Denken Sie an etwas Bestimmtes?«, hakte Lilli nach.

»Amüsant sollte es sein. Solch ein herrlich sonniger Tag darf unter keinen Umständen vergeudet werden«, quiekte Frau von Schmidt beschwingt und jagte plötzlich spielerisch Bonsai hinterher. Der wirbelte herum und wuffte: »Iiiiich kriege dich! Ich kriege dich!«

Jesahja fing an zu lachen, als er die beiden toben sah. Dann fragte er Lilli: »Was ist denn heute nur mit Schmidti los? Hat sie gar nicht gemeckert oder verlangt, man solle die Königliche Hoheit tragen?«

»Überhaupt nicht. Sie freut sich über den ersten schönen Tag seit langem und ist zur Abwechslung mal richtig gut gelaunt«, kicherte Lilli.

Sie waren am Zoo angekommen. Da Lilli oft dort aushalf, hatte sie sogar einen eigenen Schlüssel bekommen. Mit diesem öffnete sie nun das Tor.

Nachdem alle hindurchgeschlüpft waren, sperrte sie wieder ab und informierte Jesahja: »Das Gehege des Luchses liegt gleich neben Shankars.« Shankar war der Löwe und ein guter Freund von Lilli.

»Woher weißt du das?«, fragte Jesahja sie verwundert.

»Seit meiner Krankheit kann ich irgendwie hellsehen.«

»Das jetzt auch noch?« Jesahja machte vor Verblüffung ganz große Augen.

»Nur ein Scherz«, prustete Lilli drauflos.

Sie fuhr fort: »Ich habe heute Morgen mit der Zoodirektorin telefoniert und ihr gesagt, dass ich vorbeikomme. Schau, da ist er ja schon.« Lilli deutete auf den Luchs, der entspannt im vorderen Teil seines Geheges herumtigerte. Plötzlich blieb er jedoch stehen. Er richtete die Ohren aus und schnupperte in die Richtung, aus der Lilli und ihre Freunde sich ihm näherten. Am Gehege sagte Lilli freundlich: »Hallo.«

»Hallo«, erwiderte die große Wildkatze zwar ein wenig verwundert, aber sehr interessiert. So einem Zweibeiner, der wie ein Luchs sprach, begegnete er mit Sicherheit zum allerersten Mal.

»Mein Name ist Lilli. Das ist mein bester Freund Jesahja, und das sind Bonsai und …«

»Wow!«, unterbrach der Luchs Lilli mitten im Satz. »Was für eine schöne Fellzeichnung!« Hingerissen stierte er Frau von Schmidt an.

»Welch eine brillante Beobachtungsgabe«, schnurrte die Katzendame sichtlich beeindruckt. »Mein Name ist Frau von Schmidt, und ich danke Ihnen zutiefst für das sehr zutreffende Kompliment, Herr … Wie war gleich *Ihr* Name?«, fragte sie den Luchs.

»Herosimus. Aber ihr könnt mich Hero nennen«, sagte er in die Runde.

»Nun, Herr Hero … Ihr Backenbart, muss ich gestehen, ist aber auch nicht zu verachten«, miezte Frau von Schmidt gönnerhaft.

»Haben Sie denn schon meine schwarzen Haarpinsel an den Lauschern gesehen?« Der Luchs kam einen Schritt näher.

»Aber selbstverständlich, Herr Hero. Wie könnten mir diese entgehen? Sie passen *per-fekt* zu ihrem sandbraunen Fell.«

»Oach, vielen Dank.« Geschmeichelt leckte der Luchs seine rechte Pfote und fuhr sich mit ihr übers Ohr.

Lilli musste schmunzeln.

Frau von Schmidt war normalerweise nämlich ziemlich eigen. Sie verstand sich nicht mit jedem auf Anhieb so gut. Demnach musste sie Hero tatsächlich mögen.

Das konnte Lilli gut nachvollziehen. Auch ihr war der junge Luchs sofort super sympathisch. Er hatte so freundliche Augen mit einem ganz besonderen Funkeln darin.

»Wirklich schön, dich kennenzulernen«, sagte sie und lächelte Hero an. »Weißt du, ich wäre gern früher gekommen, um dich zu begrüßen, aber mir ging es nicht gut.«

»Aber jetzt geht's dir wieder supi!«, freute sich Bonsai und sprang Lilli an.

»Genau«, gluckste sie. »Jetzt geht es mir prima. Dir hoffentlich auch. Gefällt dir dein neues Zuhause?«, fragte sie den Luchs neugierig.

»O ja! Hier geht's mir viel besser als vorher. Mein Revier ist schön groß. Ich kann unter freien Himmel toben, bekomme echt gutes Futter, und

genügend Unterschlüpfe habe ich auch. Sogar einen richtig guten Kumpel habe ich gefunden. Er wohnt gleich nebenan. Aber ich glaube, er schläft gerade.«

»Du meinst Shankar, den Löwen?«

»Ja. Ein echt cooler Typ. Aber wo sind nur meine Manieren? Wollt ihr reinkommen und euch ein wenig bei mir umschauen? Hier gibt's eine Menge zu entdecken«, lud Hero die versammelte Mannschaft ein. Lilli übersetzte für Jesahja und Bonsai.

»Echt primchen von dem großen Pinselohrheini«, hechelte der kleine Hund und wartete ungeduldig darauf, dass Lilli ihren Schlüssel hervorkramte.

Spurensuche im Schnee

Kaum hatte Lilli die Gehegetür einen Spalt weit aufgedrückt, schlängelte sich Frau von Schmidt an ihren Beinen vorbei und betrat als erste Heros Revier. Bonsai düste ihr hinterher und schnüffelte wild drauflos.

Nachdem Lilli mit Jesahja ebenfalls eingetreten war, lehnte sie die Tür an und ließ sich mit den anderen von Hero herumführen.

»Ein entzückendes Streifgebiet haben Sie hier«, lobte Frau von Schmidt anerkennend, als sie eine Runde gedreht hatten und wieder an der Tür standen.

»Nicht wahr?«, erwiderte Hero mit glänzenden Augen.

»Da Sie uns so freundlich durch Ihr Zuhause geführt haben, gebietet es die Höflichkeit, Sie im Gegenzug ebenfalls einzuladen«, mauzte die Katzendame.

»Was? A-aber wohin?« Irritiert stierte Lilli sie an. Doch Frau von Schmidt fuhr völlig unbeirrt an den Luchs gewandt fort: »Auf dem Weg hierher haben wir Pläne zu amüsanten Unternehmungen gemacht. Sie waren zwar noch nicht ganz ausgereift, aber ich denke, ich spreche im Namen aller hier Anwesenden, wenn ich frage: Sind Sie gewillt, sich uns anzuschließen?«

»Hä?«, entfuhr es Lilli so schrill, dass Jesahja und Bonsai sie verdutzt anstarrten.

»Was sagen Sie dazu, Herr Hero?«, setzte die Katzendame ungerührt wieder an. »Haben Sie Lust auf eine kleine Erkundungstour? Ich zeige Ihnen liebend gerne die Gegend. Und mit etwas Glück stolpern wir an diesem herrlich sonnigen

Tag über ein richtiges Abenteuer. Wäre das nicht prickelnd?«

»Ein Abenteuer?« Hero horchte fasziniert auf.

»Da – da wird leider nichts draus«, stammelte Lilli und schüttelte ihren roten Lockenschopf.

»Madame von Susewind, nun seien Sie doch nicht so pessimistisch. Anderenfalls verliere ich die Lust, Sie mitzunehmen.«

»Aber es wird kein Abenteuer geben. Jedenfalls nicht heute.«

»Schön. Sie haben es nicht anders gewollt.« Pikiert wandte sich die Katze von Lilli ab. »Herr Hero?«

»Mhm?«

»Ich würde sagen, wir gehen alleine. Wollen wir?«

Der Luchs sah Frau von Schmidt entwaffnet an. »Wenn Sie mich so freundlich fragen … Wie könnte ich Ihnen da nur etwas abschlagen?«

»Hervorragend! *Das* ist die Einstellung, mit

der man in ein Abenteuer schreitet. Haben Sie das gehört, Madame von Susewind?«

»Ja, aber … Das geht trotzdem nicht. Tut mir leid.«

»Selbstverständlich geht das«, erwiderte die Katze, als plötzlich ein lautes, tiefes Uuuaach! durch den Zoo hallte.

Lilli, Jesahja und Bonsai fuhren herum. Dann sahen sie Shankar hinter einem Felsen hervortreten. Er riss die Schnauze ganz weit auf und … gähnte herzhaft. Diesmal, ohne Geräusche von sich zu geben.

»Mann, habe ich mich erschreckt!«, sagte Jesahja mit der Hand auf der Brust.

»Und ich erst. Dabei wollte Shankar offensichtlich nur alle im Zoo wissen lassen, dass er aufgewacht ist.« Erleichtert atmete Lilli aus. Sie drehte ihren Kopf wieder nach vorne zu Frau von Schmidt und Hero, doch …

»Wo sind sie?« Hektisch blickte sie sich im Gehege um.

»Da drüben!«, rief Jesahja, der die Situation sofort überblickt hatte.

»Was? Aber wie sind sie hier rausgeko… O nein! Ich habe die Tür vorhin nur leicht angelehnt, statt sie zu schließen.« Schuldbewusst starrte Lilli die offene Tür des Luchsreviers an.

Bonsai trippelte derweil mit aufgestellten Lauschern aus dem Gehege und ein paar Schritte in Richtung der zwei Ausreißer. »Lilli, wo wollen Schmidti und der Pinselohrheini so schnell hin?«, wuffte er verwundert.

»Sie haben sich in den Kopf gesetzt, ein Abenteuer zu erleben«, erklärte Lilli, während sie mit Jesahja an Bonsai vorbeirannte.

»Ohne mich? Nicht fair. Gar nicht fair! Ich will auch ein Abenteuer erleben. Ich auch. Ich auch!« Wie von einer Tarantel gestochen flitzte Bonsai ebenfalls los. Schnell hatte er Lilli und Jesahja überholt.

Die beiden Katzen waren mittlerweile im Begriff, einen großen Baum mit ausladenden Ästen hinaufzuklettern. Dieser stand direkt an der Mauer, die den Zoo umgab!

»Wenn sie den dicken Ast da erreichen, kommen sie auf den Baum hinter der Zoomauer«, japste Jesahja.

Und tatsächlich! Noch bevor sie den Baum erreichten, stiegen die beiden Katzen bereits auf der anderen Seite der Mauer hinunter.

»Hero! Frau von Schmidt! Bitte kommen Sie wieder zurück!«, rief Lill verzweifelt.

»Nur keine Panik, Madame von Susewind«, kam es gelassen von der anderen Seite. »Wir sind bald wieder da.«

Bald? Das war Lilli definitiv nicht schnell genug!

Da sie bei weitem nicht so gut klettern konnte wie eine Katze, rannte sie mit Jesahja und Bonsai an der Mauer entlang zum Ausgang.

Als sie wenig später an der Stelle ankamen, an der Hero und Frau von Schmidt heruntergeklettert sein mussten, war von den zwei Ausreißern allerdings nichts zu sehen.

Lilli stand unter Strom. »Mist! Wo sind sie nur hin? Bonsai, kannst du …«

Ehe sie den Satz beenden konnte, bellte der kleine Hund aufgedreht: »O ja! Ich kann! Ich kann! Ich kann's echt supi! Äh … was denn eigentlich?«

»Hey, Lilli!«, rief da Jesahja auf einmal. »Ich glaube, ich habe was gefunden! Hier sind

Tatzen-Abdrücke im Schnee. Große und gleich daneben kleine. Sie sind ganz frisch, siehst du?«

Ohne ein weiteres Wort rannten die drei Freunde den Spuren hinterher. Die führten sie in den angrenzenden Wald, quer über eine kleine Lichtung hin zu einem sich wild schlängelnden Fluss. An dessen Ufer war der Schnee aber geschmolzen, und die Spuren verloren sich.

Lilli schaute von links nach rechts. Dann breitete sie hilflos die Arme aus. »Und jetzt?«

»Jetzt bin ich dran!«, bellte Bonsai gewichtig und schaltete seine Spürnase ein. Konzentriert beschnupperte er die Sträucher am Rand des Flusses. Binnen Sekunden hatte er tatsächlich die Witterung der Katze und des Luchses aufgenommen.

»Da lang!«, meldete er und jagte los.

Lilli und Jesahja hefteten sich an seine Pfoten. Sie versuchten mit dem kleinen Zottelhund mitzuhalten, doch das war gar nicht so einfach. Denn hatte Bonsai einmal eine Witterung aufgenommen, war er kaum zu bremsen. Besonders dann nicht, wenn es um seine Katzenfreundin ging.

»Ich kann nicht mehr«, keuchte Lilli nach einigen Minuten und blieb stehen. Sie stützte ihre Hände auf die Oberschenkel. Ihr heißer Atem verwandelte sich an der kalten Luft in kleine Dampfwolken.

»Alles okay?«, fragte Jesahja.

»Ja«, brachte Lilli hervor und richtete sich langsam auf. »Kann sofort weitergehen.«

»Sicher? Nicht dass du wieder krank wirst.«

»Das werde ich nicht«, versicherte Lilli und setzte sich in Bewegung.

Sie waren gerade richtig in Gang gekommen,

da sahen sie, wie der Hund auf einmal stehen blieb. Er setzte sich ans Ufer und fiepte leise vor sich hin. Dabei starrte er wie gebannt zur anderen Seite des Flusses.

Lilli und Jesahja folgten seinem Blick. Und da waren sie: die zwei Ausreißer.

»Super! Du hast sie gefunden.« Lilli eilte zu Bonsai und kraulte ihn hinter den Ohren. »Bloß … wie kommen wir jetzt zu ihnen über den Fluss?«, fragte sie dann ratlos an Jesahja gewandt.

»Auf dem gleichen Weg wie die zwei – sobald wir herausfinden, wie sie es geschafft haben.«

Nachdenklich kratzte

er sich am Kopf. Schließlich sagte er: »Bleib du mit Bonsai hier. Behaltet die beiden im Auge. Ich schaue mich kurz in der Gegend um.«

»Gute Idee«, sagte Lilli, und Jesahja stapfte los.

Während er die Umgebung erkundete, beobachteten Lilli und Bonsai Hero und Frau von Schmidt. Die schienen auf der Lauer zu liegen.

»Kannst du erkennen, was sie ins Visier genommen haben?«, fragte Lilli.

»Klar und deutlich«, hechelte Bonsai in freudiger Erwartung. »Sie wollen das Langohr jagen.«

»Da ist irgendwo ein Hase?« Lilli kniff die Augen zusammen. Und dann erkannte sie es ebenfalls: Das kleine Häschen hockte im Schnee. Gelassen

mümmelte es vor sich hin, als Hero sich ganz langsam anpirschte.

Plötzlich schoss er los. Das Häschen schreckte auf und machte sich aus dem Staub. Dabei wechselte es oft blitzartig die Richtung und brachte den ungeübten Jäger so mächtig durcheinander.

»Ich auch! Ich will auch mit dem Langohr fangen spielen!«, winselte Bonsai. Er konnte kaum an sich halten. Lilli sah ihm an, dass er am liebsten in den Fluss gesprungen und hinübergeschwommen wäre. Doch zu dieser Jahreszeit war das viel zu gefährlich.

Und so blieb ihm nichts anderes übrig, als

dabei zuzuschauen, wie das Häschen Hero auf Trab hielt. Schließlich verschwand es in seinem Bau.

Hero, der gerade voll in Fahrt war, schaffte es nicht rechtzeitig anzuhalten. Mit Volldampf polterte er mitten hinein in einen flauschigen Schneeberg rund um den Hasenbau. Nachdem er sich, mit dem Po voran, daraus hervorgewurschtelt hatte, war er über und über mit Schnee bedeckt. Er schüttelte sich vom Kopf bis zur Schwanzspitze.

»So schade! Ich hätte das kleine Hüpfohr gerne aus der Nähe betrachtet. Aber anscheinend wollte es mich nicht kennenlernen«, hörte Lilli seine betrübte Stimme bis über den Fluss.

»Das dürfen sie keinesfalls persönlich nehmen, Herr Hero. Hoppel-Herrschaften sind schreckhafte Gesellen. Das liegt in ihrer Natur«, erklärte Frau von Schmidt.

Genau in diesem Moment tauchte Jesahja wieder neben Lilli und Bonsai auf.

»Ich weiß jetzt, wie die beiden auf die andere Seite gekommen sind«, verkündete er.

In eiskalter Gefahr

»Spann uns nicht so auf die Folter«, sagte Lilli ungeduldig.

Jesahja berichtete: »Gleich hinter dem ganzen Gestrüpp ist eine Brücke. Man kann sie von hier aus nicht sehen, weil der Fluss eine Biegung macht.«

»Na, dann los!«, rief Lilli, und Jesahja führte sie hin. Kaum hatten sie die kleine Holzbrücke zur Hälfte überquert, bemerkte Lilli, dass Frau von Schmidt und Hero im Begriff waren, wieder aufzubrechen.

»Warten Sie!«, rief sie ihnen entgegen und legte einen Zahn zu. »Wir sind gleich bei Ihnen.«

»Oh, Madame von Susewind. Welch eine Überraschung. Haben Sie es sich anders überlegt? Wollen Sie nun doch ein kleines Abenteuer mit uns erleben?«, fragte die Katzendame.

»Äh, na ja … Nicht ganz«, erwiderte Lilli, die nicht schwindeln wollte. »Ich dachte, vielleicht haben *Sie* es sich anders überlegt und möchten gerne wieder zurück.«

»Aber nein, Madame. Da liegen Sie völlig falsch. Auf Herrn Hero und mich wartet irgendwo hier ein *ganz* großes Abenteuer. Das spüre ich an meinen vibrierenden Schnurrhaaren. Sie verstehen also sicher, dass wir keine Zeit zum Plaudern haben. Uns läuft sonst womöglich noch das Abenteuer davon«, miaute Frau von Schmidt und setzte sich mit Hero wieder in Bewegung.

Bonsai schien verwirrt zu sein. »Wieso warten die denn nicht auf uns?«, bellte er.

Ohne stehen zu bleiben, antwortete Lilli: »Der Ausflug war ihnen bisher anscheinend nicht abenteuerlich genug.«

»Dann lassen wir sie doch noch ein bisschen«, schnaufte Jesahja. »Sie kommen sicher bereitwillig wieder mit zurück, wenn sie sich ausgetobt haben.«

»Das kann ja sein, aber was ist, wenn ihnen dabei was zustößt? Schau! Genau das meine ich. Siehst du, worauf die beiden da gerade zusteuern?«

»Auf einen Biberdamm!« Entsetzt riss Jesahja die Augen auf, während Lilli versuchte, die

Katze und den Luchs zu warnen: »O nein! Nicht darauf springen. Der ist vielleicht nicht stabil genug!«

Doch Frau von Schmidt und Hero ließen sich nichts sagen. Übermütig sprang einer nach dem anderen auf die Zweige und Äste. Sofort geriet die Holzkonstruktion ins Wanken.

»Schnell runter da!«, kreischte Lilli und rannte auf die Katzen zu.

Doch es war zu spät. Der Boden unter ihren Tatzen fiel auseinander. Die beiden stürzten in den Fluss und wurden von der freigesetzten Strömung mitgerissen.

Voller Sorge rannte Lilli mit Jesahja und Bonsai neben den treibenden Katzen am Ufer entlang. Sie konnte kaum einen klaren Gedanken fassen.

Jesahja hingegen blieb trotz der gefährlichen Situation erstaunlich ruhig. »Lilli, da vorne ist eine kleine Insel!«, rief er geistesgegenwärtig.

Lilli verstand sofort, worauf er hinauswollte, und schrie Frau von Schmidt und Hero zu: »Versuchen Sie, auf die Insel zu kommen!«

»Ich … ich kann ni…«, mauzte Frau von Schmidt mit letzter Kraft. Dann ging sie unter.

Lilli schnappte vor Schreck auf. Alles in ihrer Brust verkrampfte sich. Doch da steckte

Hero seinen Kopf unter Wasser. Als er wieder auftauchte, hatte er Frau von Schmidt am Nacken gepackt.

Lilli sah ihn unter großer Anstrengung auf die kleine Insel zuschwimmen. Am Rand angekommen, bohrte er seine Krallen in den

Boden. Erschöpft schleppte er sich mit der Katze auf das Stückchen Land.

Lilli hätte vor Erleichterung heulen können. Doch dafür war gerade keine Zeit. Die beiden waren zwar raus aus dem eiskalten Wasser, doch sie saßen jetzt fest. Zudem waren sie völlig durchnässt. Sie froren und zitterten. Lilli befürchtete, sie könnten unterkühlen und krank werden.

Verzweifelt sah sie sich mit Jesahja und Bonsai um. Hier musste es doch irgendetwas geben, das ihnen helfen konnte, die beiden zu retten. Doch … Nichts! Hier war nichts außer Bäumen. Die Zweige und Äste, die lose rumlagen, waren zu kurz. Sie reichten nicht bis zur Insel.

Lilli spürte Panik in sich aufsteigen. »Wir brauchen dringend Hilfe! Aber von wem?«

Da hatte Jesahja einen Geistesblitz. »Moment mal!«, rief er. »Wo ein Biberdamm ist – na ja, wo einer war –, ist ein Biberbau bestimmt nicht weit. Vielleicht kann ein Biber uns irgendwie helfen, Schmidti und Hero zu retten.«

»Du hast recht!« Lilli wurde von einer Welle der Hoffnung überflutet. »Ein Biber … Ja! Super Idee. Auf deinen Grips ist doch echt immer Verlass.«

»Allerdings ist es gar nicht so einfach, einen Biberbau überhaupt zu erkennen. Es gibt unterschiedliche Bauarten, je nachdem, wie hoch der Wasserstand ist, wie das Ufer beschaffen ist und was weiß ich sonst noch so alles«, gab Jesahja zerknirscht zu bedenken.

»Wir müssen es trotzdem versuchen«, erwiderte Lilli und wandte sich dann an Bonsai: »Bleibst du hier und gibst auf die beiden acht? Jesahja und ich suchen Hilfe. Wir kommen so schnell wie möglich zurück. Wenn was ist, ruf laut.«

»Wird gemacht! Du kannst dich auf mich verlassen, Lilli«, hechelte der kleine Hund eifrig.

»Ich weiß.« Mit einem müden Lächeln streichelte sie ihm über den Kopf. Dann warf sie noch einen Blick zu Frau von Schmidt und Hero hinüber. Die beiden lagen ganz eng aneinander gekuschelt. Sie wärmten sich und leckten sich gegenseitig trocken. Ob das aber wirklich reichte? Ohne weiter darüber nachzudenken, nestelte Lilli am Reißverschluss ihrer Jacke.

»Was machst du da?«, fragte Jesahja.

»Die beiden frieren. Ich will ihnen meine Jacke rüberwerfen, bevor wir gehen«, erklärte sie beschäftigt.

»Das machst du nicht«, wiedersprach Jesahja sofort.

»Wieso nicht?«

»Weil du gerade erst krank warst! Schon vergessen?«

»Für solche Gespräche haben wir jetzt

echt keine Zeit«, brummte Lilli.

»Genau«, entgegnete Jesahja entschieden und zog rasch seine Jacke aus.

»Du bist beinahe genauso schlimm wie meine Mama«, murrte Lilli. Sie sah zu, wie er sich nach einem Stein bückte und ihn mit seiner Jacke umwickelte.

»Sag den beiden, sie sollen in Deckung gehen«, bat Jesahja.

Lilli nickte und tat es. Dann holte Jesahja aus und warf. Die Jacke landete wie geplant auf der Insel. Die Katze und der Luchs beschnupperten sie kurz und krochen darunter.

»Komm jetzt.«

Lilli spürte eine Hand auf ihrer Schulter. Sie riss sich von Frau von Schmidt und Hero los und machte sich mit Jesahja auf die Suche nach Hilfe.

Die Rettung

Am Ufer entlang liefen Lilli und Jesahja zunächst weiter flussabwärts. Dabei versuchte Jesahja alles abzurufen, was er über Biber und ihre Lebensweise wusste. Er hoffte, es könnte ihnen helfen, schneller einen zu finden. Zu seiner Enttäuschung wusste er aber nicht gerade viel. Daher besann er sich auf seinen logischen Verstand.

»Biber bauen Dämme, um den Wasserstand auszugleichen …«, murmelte er leise vor sich hin. »Da es gerade Winter ist und es in letzter Zeit wenig geregnet hat …« Plötzlich blieb er stehen. »Ich glaube, wir laufen in die falsche Richtung, Lilli. Wir müssen flussaufwärts.«

Auch wenn Lilli nur Bahnhof verstand, stellte sie Jesahjas Schlussfolgerung keine Sekunde in Frage. Sie vertraute ihm. Er war der klügste Mensch, den sie kannte. Und so liefen sie nun in die entgegengesetzte Richtung.

Als sie an der Stelle ankamen, wo zuvor der Biberdamm gewesen war, sagte Jesahja: »Irgendwo in Richtung der Brücke oder dahinter müsste der Bau sein.«

»Alles klar«, erwiderte Lilli und durchforstete die Umgebung. »Könnte das ein Biberbau sein?«, rief sie plötzlich und deutete auf einen großen Haufen Äste und Zweige.

»Ja! Das sieht ganz nach einer Uferburg aus«, freute Jesahja sich und eilte mit Lilli darauf zu.

»Hoffentlich ist jemand zu Hause«, sagte sie nervös.

»Biber sind dämmerungs- und nachtaktiv. Die Chancen stehen also nicht schlecht, dass da gerade einer ein Nickerchen hält«, erklärte Jesahja.

»Das wäre echt gut. Wo ist der Eingang?«, fragte Lilli.

»Der befindet sich normalerweise vollständig unter Wasser. Das muss er, damit keine Feinde eindringen können. Hier liegt er aber schon fast frei. Siehst du?« Jesahja deutete auf eine Stelle im Fluss. »Um eben genau das zu verhindern, bauen Biber Dämme, wenn es nicht genug regnet – damit sich das Wasser staut ...«

»Und deswegen muss der Bau oberhalb vom Damm liegen!«, ergänzte Lilli, der nun einiges klarer wurde.

»Genau.« Jesahja nickte.

»Okay. Dann lass uns mal den Biber wecken.«

Lilli hatte gerade Luft geholt, um zu rufen, da vernahmen Jesahja und sie Geräusche vom Wald aus. Sie drehten sich auf dem Absatz um und erblickten ein Bibermännchen.

»Na, der schläft jedenfalls nicht«, stellte Lilli fest.

Stöhnend und keuchend schleifte der Biber einen armdicken, verzweigten Ast über den Boden. Als er Lilli und Jesahja erspähte, fragte er sich verwundert: »Wer sind denn die? Und was machen die da an meiner Burg?«

Ehe Lilli etwas sagen konnte, rief der Biber entsetzt: »Bei allen Dämmen! Was ist denn mit unserem Fluss los?« Er ließ den Ast fallen und eilte auf allen vieren zum Ufer. »Wo ist das viele Wasser hin? Wieso steht es auf einmal so tief? O nein, o nein! Das darf nicht sein. Wenn das Wasser weiter absinkt, liegt der Eingang, der zum Wohnkessel führt, ja ganz frei. Irgendwas stimmt mit unserem Damm nicht.«

»Ja … also, der Damm … Er ist … wie soll ich es sagen? Er ist … eingestürzt«, brachte Lilli nun hervor.

»Was? Du-du … Du sprichst ja wie ich.«

»Ja. Und es tut mir schrecklich leid, dir sagen zu müssen, dass dein Damm kaputt ist, aber …«

»Das ist völlig unmöglich. Okay, er war noch nicht ganz fertig, aber die Grundkonstruktion meiner Kinder war einwandfrei. Meine Frau und ich haben sie höchstpersönlich überprüft. Und wir sind hier nicht nur die besten Baumeister weit und breit, sondern auch ausgezeichnete Lehrer.«

»Das seid ihr garantiert. Es lag auch nicht an der Baukunst eurer Kinder. Es … es waren unsere Freunde«, gestand Lilli kleinlaut. »Aber sie haben es nicht extra gemacht. Wirklich. Sie wollten keinen Schaden anrichten.« Schnell schilderte sie dem Biber die ganze Situation.

Nachdem sie fertig war, fragte der: »Habe ich das wirklich richtig verstanden? Ihr wollt, dass ich euch helfe, die zwei zu retten, die unseren Damm zerstört haben?«

»Ja«, seufzte Lilli. »Bitte.« Sie sah ihn flehend an.

Der Biber schien nachzudenken. »Wartet hier. Ich bin gleich wieder zurück«, sagte er schließlich und sprang ins Wasser.

»Er ist weg. Wieso ist er weg?«, quiekte Jesahja irritiert.

Lilli zuckte mit den Schultern. »Er hat gesagt, wir sollen hier warten.«

»Worauf?«

»Keine Ahnung«, erwiderte sie, als der Biber wieder aus dem Wasser auftauchte. Hinter ihm erschien ein zweiter Biberkopf. Dann ein dritter, vierter und fünfter.

Das musste seine Familie sein, vermutete Lilli.

Nachdem sie allesamt aus dem Wasser gestiegen waren, verkündete der Biberpapa: »Wir helfen euch – aber nur unter einer Bedingung.«

»Und die wäre?«

»Die zwei, die den Damm kaputt gemacht haben, müssen uns bei der Beschaffung von Baumaterial für einen neuen helfen.«

»Das wäre nur fair«, gestand Lilli. »Allerdings müssen wir den Luchs ganz schnell zurück in sein Zuhause bringen. Jesahja und ich können aber wiederkommen und euch helfen. Einverstanden?«

Der Biber sah ratsuchend seine Frau an.

»Geht klar!«, sagte die rasch. »Wir sollten jetzt keine Zeit verlieren. Die Lage scheint nämlich sehr ernst zu sein.«

»Oh, das ist sie! Vielen, vielen Dank.« Erleichtert führten Lilli und Jesahja die Biberfamilie zu der Katze und dem Luchs.

Immer noch eng aneinandergeschmiegt, hockten die unter Jesahjas Jacke.

»Oh, Lilli! Du bist wieder da«, freute Bonsai sich. »Ich habe auf die beiden aufgepasst. Richtig gut aufgepasst. Genau, wie du es wolltest.«

»Das hast du toll gemacht, Bonsai«, sagte Lilli und rief dann Frau von Schmidt und Hero zu, dass nun Hilfe da sei und sie bald gerettet wären.

Jetzt lag es einzig an der Biberfamilie.

»In Ordnung, Kinder«, richtete sich der Biberpapa an seinen Nachwuchs. »Ihr seht die zwei auf der Insel in der Mitte des Flusses?«

»Ja«, sagten die drei Kleinen im Chor.

»Sehr gut. Also, was machen wir?«

»Äääääh, wir laufen schnell weg?«, schlug das kleinste von ihnen schüchtern vor.

»Wir wollen die zwei doch aber retten, Liebling«, erklärte die Bibermama in sanftem Ton. Der kleine Biberjunge sah von seiner Mama zu den zwei Katzen. »Aber das sind …« Er machte eine kurze Pause und flüsterte dann verängstigt: »Raubtiere.«

»Nur keine Sorge«, schaltete Lilli sich ein. »Die beiden tun euch nichts. Versprochen.«

»Siehst du? Ihr braucht keine Angst zu haben«, versicherte die Bibermama. »Stellt euch einfach vor, das wäre eine normale Unterrichtsstunde. Also, was können wir tun, um die zwei von der Insel zu uns ans Ufer zu holen?«

»Das ist total einfach. Wir fällen einen Baum«, sagte ein Bibermädchen.

»Genau«, stimmte ihr der größere Bruder zu. »Einen, der vom Ufer bis zu dieser Insel reicht.«

»Super! Und welchen fällen wir da am besten?«, fragte die Mama, worauf die drei Biberkinder zügig ausschwirrten. Sie musterten und begutachteten die Bäume in der Nähe.

»Diesen hier!«, rief das Bibermädchen schließlich. Es wartete am ausgesuchten Bäumchen, bis sich ihre Eltern und Brüder zu ihr gesellten.

»Eine ausgezeichnete Wahl, meine Kleine«, lobte ihre Mutter sie. »Wirklich gutes stabiles Holz. Der Stamm ist schmal, dennoch breit genug, um darauf zu laufen. Perfekt!«

Wie aufs Kommando machten sich die Geschwister an die Arbeit. Innerhalb kürzester Zeit hatten sie den Baum fachmännisch angenagt. Er fiel der Länge nach zu Boden.

Alle gemeinsam zogen sie ihn dann ans Ufer. Von dort aus schoben sie ihn übers Wasser, bis er die Insel erreichte.

Obwohl das Holz zu beiden Seiten gut am Boden auflag, stiegen die fünf Biber trotzdem ins Wasser. Sie platzierten sich in regelmäßigen Abständen neben dem Stamm und stabilisierten ihn zusätzlich.

Frau von Schmidt betrat als Erste die provisorische Brücke. Zügig trippelte sie drüber. Nachdem sie sicher am Ufer angelangt war, nahm Hero behutsam Jesahjas Jacke ins Maul und machte es der Katze nach.

Erleichtert, sie endlich in Sicherheit zu wissen, sank Lilli vor den zwei Ausreißern auf die Knie, während Jesahja in seine Jacke schlüpfte.

Lilli wollte sich gerade erkundigen, ob auch wirklich alles in Ordnung war, da verkündete Hero fröhlich: »Das war … das größte Abenteuer, das ich je erlebt habe!«

»Tja, gern geschehen. Auf meine vibrierenden Schnurrhaare ist eben Verlass«, sagte Frau von Schmidt selbstgefällig.

Lilli traute ihren Ohren kaum. »Sie hätten ertrinken können!«, platzte es aus ihr heraus. »Wäre Hero nicht da gewesen …« Lilli mochte diesen Gedanken gar nicht zu Ende denken. »Wir haben uns schreckliche Sorgen um Sie beide gemacht. Außerdem haben Sie den Damm der Biber zerstört!«

»Biber?« Frau von Schmidt schaute sich um. »Sie meinen die Herrschaften, die da gerade aus dem Wasser steigen?«

»Ja. Die Herrschaften, denen Sie Ihre Rettung zu verdanken haben«, erklärte Lilli.

»Ach.« Die Katzendame nickte der

Biberfamilie freundlich zu. »Sie haben wirklich außerordentlich gute Arbeit geleistet. Selbst ich hätte es nicht besser machen können. Richten Sie der Familie doch meinen verbindlichen Dank aus, Madame von Susewind.«

»O ja! Vielen Dank, man!«, sagte Hero. »Das war wirklich voll nett. Und ich wollte ihr Bauwerk echt nicht zerstören, tut mir leid«, fügte er einsichtig und leicht beschämt hinzu.

»Das richte ich sehr gerne aus«, erwiderte Lilli, als eine dicke Schneeflocke auf ihre Nasenspitze fiel.

Sofort schauten die Biber gen Himmel. Immer mehr Schneeflocken rieselten nun auf Lilli und ihre Freunde herab.

»Kinder, wer von euch kann mir sagen, was das ist und was es für uns bedeutet?«, fragte der Biberpapa.

»Ich! Ich! Ich kann's!«, ereiferte sich der kleine Biberjunge. »Das ist Wasser – also, wenn's geschmolzen ist. Wenn viel – aber nicht zu viel – davon vom Himmel kommt, müssen wir vorerst vielleicht keinen neuen Damm bauen und können stattdessen etwas spielen«, trällerte er vergnügt und sah den Luchs neben sich an.

»Richtig«, sagte der Biberpapa und musste lachen.

Da perlte selbst die letzte Anspannung und Sorge von Lilli ab, und sie stimmte mit ein. Sie lachte ganz laut aus sich heraus. Der Klang ihrer Freude wirkte wie Zauberdünger auf die

schlummernden Pflänzchen um sie herum. Und so bohrten sie sich binnen Sekunden durch den Schnee und streckten Lilli ihre bezaubernde Blütenpracht entgegen.

Serie bei ANTOLIN gelistet

Das Mädchen, das

Ein kleiner Esel kommt groß raus
ISBN 978-3-7373-5201-7

Ein Meerschwein ist nicht gern allein
ISBN 978-3-7373-5202-4

Viel Gerenne um eine Henne
ISBN 978-3-7373-5203-1

Ein Nilpferd auf dem Zebrastreifen
ISBN 978-3-7373-5204-8

Extra-Punkte für den Dalmatiner
ISBN 978-3-7373-4052-6

Schwarze Kater bringen Glück
ISBN 978-3-7373-4053-3

Ein kleiner Hund mit großem Herz
ISBN 978-3-596-85654-1

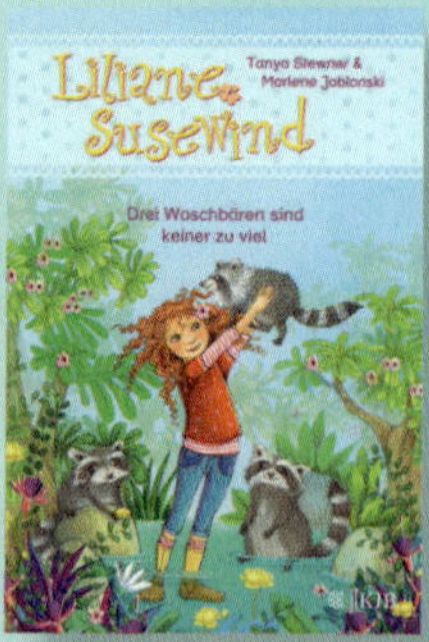

Drei Waschbären sind keiner zu viel
ISBN 978-3-7373-4054-0